COLLECTION
L'IMAGINAIRE

Roger Martin du Gard

# Confidence africaine



Gallimard

Roger Martin du Gard est né le 23 mars 1881 à Neuilly-sur-Seine. Il appartient à une famille de magistrats et d'avocats. Après des études secondaires à l'école Fénelon et au lycée Janson-de-Sailly, il est admis en 1903 à l'École des chartes d'où il sort en 1905 archiviste-paléographe. La lecture de *La guerre et la paix* de Tolstoï éveille en lui une vocation de romancier. A la veille de la Première Guerre mondiale paraît son premier roman important, *Jean Barois* (1913). Il se lie d'amitié avec André Gide et Jacques Copeau. Il est tenté un moment par le théâtre. En 1920, il conçoit un vaste roman cyclique, *Les Thibault.* Il y consacre alors l'essentiel de son temps et se retire la plus grande partie de l'année dans sa propriété du Tertre, en Normandie. La publication des *Thibault* en est à son avant-dernier volume, *L'été 1914,* quand Martin du Gard reçoit le Prix Nobel de littérature en 1937. Il passe une grande partie de la guerre de 1939-1945 à Nice et prépare un roman, qui restera inachevé, les *Souvenirs du colonel de Maumort.* Il meurt en 1958.

Mai 1930.

Mon cher ami,

Vous me demandez, avec une flatteuse insistance, « quelque chose » pour votre revue. J'allais vous répondre, encore une fois, que tout ce que j'ai à dire passe automatiquement dans mes *Thibault,* lorsque l'idée m'est venue d'extraire pour vous quelques feuillets d'un ancien carnet de voyage. C'est une conversation, — une confidence, plutôt,

— recueillie naguère sur un paquebot qui me ramenait d'Afrique. Ces propos, je les ai notés tels quels, sans aucun souci de littérature ; et peut-être ne retrouverez-vous pas l'intérêt que j'ai pris à les entendre. Je me demande surtout si vous jugerez convenable d'offrir à vos lecteurs un récit, de nature à scandaliser certaines gens. Quoi qu'il advienne de ces pages, je vous aurai donné preuve de mon bon vouloir...

Mais, au moment de les recopier, je m'aperçois qu'ils ne seraient guère intelligibles sans quelques préliminaires.

# CONFIDENCE AFRICAINE

Il y a de cela quelques années, au cours d'une randonnée en auto dans le Midi, j'ai dû faire un détour et m'arrêter à Font-Romeu où le petit Frantz H. terminait sa cure. Je désirais alors m'assurer, en interrogeant le médecin qui l'avait soigné, s'il était bien vrai que mon pupille fût guéri, et s'il pouvait, sans imprudence, revenir achever ses études à Paris. J'eus le plaisir de trouver Frantz en excellent état. Il piaffait d'impatience en attendant la date de son départ, et je m'arrangeai pour passer une quinzaine auprès de lui, afin de lui faire faire quelques balades et de lui montrer les principaux sites de la région, qui est l'une des plus belles de France.

Dans cette " Pension des Roches ", les pensionnaires n'étaient pas nombreux. Frantz me fit faire la connaissance d'un homme encore jeune, assez bronzé de teint, un Italien, au visage cordial, au regard absent et doux, qui s'appelait... — que j'appellerai, pour vos lecteurs, Leandro Barbazano. Il était là depuis plusieurs mois, au chevet de son neveu, — nommons-le Michele Luzzati, — un gamin de seize ans, qui ne quittait plus son lit tant sa fin était imminente : il mourut, en effet, avant la fin de mon séjour. Frantz allait matin et soir passer quelques minutes dans la chambre de Michele ; il était le seul dont le médecin autorisât les visites. Pour moi, je n'entrevis qu'une fois Michele vivant. Je me souviens surtout de lui sur son lit de mort : squelettique, mais d'une grande beauté. Les rideaux étaient tirés devant la fenêtre ; ni crucifix, ni cierges ; pas même de fleurs : aucun apparat funèbre. Dans la pénombre, sur l'oreiller blanc, son profil de prince persan se découpait avec la finesse d'une matière ciselée ; il eût semblé de marbre ou de vermeil si la chair du visage, restée soyeuse, transparente et dorée, n'avait gardé je ne sais quelle apparence de jeunesse et de vie. La douleur de l'oncle était muette, concentrée, presque animale. Elle étonnait les infirmières qui, depuis cinq ou six semaines, attendaient chaque jour la mort inévitable de cet enfant.

La camaraderie de Frantz avec le neveu m'avait, dès mon arrivée, mis en rapports quotidiens avec l'oncle. On se lie vite dans ces maisons de malades. Le caractère de Barbazano m'avait tout de suite plu : simple et droit. Il était le fils d'un libraire de… — d'une grande ville du Nord de l'Afrique, que je désignerai seulement par l'initiale Y (Oran, Alger, Constantine ou Tunis, à votre choix) — et il continuait le commerce paternel, associé avec son beau-frère Luzzati, le père de Michele. La firme Barbazano-Luzzati occupait, disait-il, la première place parmi les librairies de Y. Ce Leandro était à la fois assez primitif, par son origine populaire, et assez cultivé, par ses lectures, son métier et ses voyages. Il avait fait divers stages chez des libraires de France, de Suisse, d'Italie ; il parlait plusieurs langues, et les principaux courants de la littérature européenne lui étaient familiers. Ce fut l'objet de nos premières conversations. Puis il en vint à me parler de lui, de son neveu. Les attentions maternelles dont il entourait Michele m'avaient dès l'abord touché. J'appris que, depuis deux ans, il avait quitté sa librairie, pour tenter ce sauvetage ; il connaissait plusieurs sanas des Alpes, du Jura, des Vosges ; tous les traitements, tous les climats avaient été essayés ; en vain. Bien que les médecins consultés fussent unanimes à affirmer que le gamin, tuberculeux jusqu'aux moelles, tuberculeux depuis l'enfance, n'avait jamais dû être curable, Barbazano se reprochait de s'être consacré trop tard à la santé de Michele ; et ce remords injustifié, qui le rongeait, avait été, bien des fois, entre lui et moi, le sujet d'entretiens à cœur ouvert, qui nous avaient rapprochés mieux que toutes les discussions littéraires.

Je demeurai auprès de Leandro pendant la lente agonie de Michele. Ces trois journées d'attente achevèrent de nouer entre nous une sorte d'amitié provisoire et active. Dès que l'enfant fut mort, je mis mon auto à la disposition de Barbazano pour les démarches et les formalités nécessaires. Contrairement à ce que nous avions supposé, le corps de Michele ne fut pas ramené en Afrique : par dépêche, les

Luzzati prièrent Leandro de faire inhumer leur fils au petit cimetière de Font-Romeu. Un détail me frappa : Barbazano fit déposer dans le cercueil la montre, le stylo, les boutons de manchettes et divers menus objets ayant appartenu à son neveu ; puis il fit brûler devant lui, dans le calorifère, le linge et tous les vêtements. Il était capable de tendresse, mais il n'était pas sentimental.

Nous suivîmes le convoi, Frantz et moi, aux côtés de Barbazano, comme si nous eussions été des proches. L'enterrement fut vite terminé : le trajet de l'hôtel au cimetière était court, et il n'y eut aucun service religieux. Le lendemain, nous conduisîmes Leandro jusqu'à la gare de Perpignan ; et, le cœur serré, nous le vîmes s'éloigner dans la direction de Marseille, n'ayant avec lui qu'une valise de touriste, n'emportant aucun souvenir de l'enfant qu'il laissait là.

Moi-même, quelques jours plus tard, je reprenais ma route vers le Nord.

Barbazano m'écrivit dès son arrivée en Afrique. Nous échangeâmes deux ou trois lettres, quelques cartes ; puis, ces relations, nées par hasard, s'espacèrent. Pourtant, l'année d'après, je reçus de ses nouvelles : il me rappelait une conversation que nous avions eue sur le régime fasciste, me répétait son désir de devenir citoyen français et me demandait de l'aider. Je fis de mon mieux ; et j'appris quelques mois après qu'il avait obtenu sa naturalisation.

Quelques années plus tard, lorsque les circonstances m'amenèrent en Afrique du Nord, et justement à Y., je songeai aussitôt à Barbazano, et je le prévins de mon arrivée. Il m'attendait au débarcadère et m'accueillit à sa façon, sans particulières démonstrations de sympathie, mais avec une cordialité virile où tout était authentique. Il ne ressemblait guère à l'homme voûté, fiévreux, amaigri par le chagrin, que j'avais quitté, trois ans plus tôt, à Perpignan. Son pur visage romain, aux plans précis malgré un léger empâtement, avait une expression reposée et heureuse. Je fus frappé, en le revoyant, d'une fugitive ressemblance avec le masque mortuaire du petit Michele.

Pendant les six semaines que je passai à Y., Leandro Barbazano se dépensa de mille manières pour aplanir devant moi toute difficulté, et rendre agréable mon séjour. J'eus même quelque peine à me dérober à certaines de ses initiatives. Il désirait me présenter aux diverses coteries qui se partageaient les journalistes du cru, et s'était même mis en tête de me faire faire une conférence dans la salle du théâtre municipal. Comme je lui affirmais que j'étais incapable de prendre la parole en public, et surtout que je n'avais aucun message à apporter aux personnes qu'il voulait déranger pour m'entendre, je me rappelle qu'il haussa les épaules et me répondit avec une désarmante autorité : — « Eh ! vous ferez comme vos confrères. Tous les écrivains qui passent ici font une conférence. Les historiens sur l'histoire, les poètes sur la poésie, les romanciers sur le roman. Ils parlent d'eux, de leur œuvre, de leur façon de travailler, de leurs manies, de leurs régimes. Et, quel que soit le stock dont ils ont eu la précaution de faire approvisionner nos librairies, en huit jours tout est enlevé ! » Je dus presque me fâcher pour échapper à cette exhibition rituelle.

Mais je me laisse entraîner à des digressions. Je ne veux qu'ajouter un mot sur la “ Librairie Barbazano-Luzzati ”.

Elle était évidemment l'une des premières de la ville. Située en un des points les plus fréquentés du centre, elle ne désemplissait pas de tout le jour. A midi et à sept heures, un commis baissait le volet de fer dans lequel une porte basse restait béante : le magasin cessait alors d'être une boutique de livres, pour devenir un cénacle de choix où se réunissaient, leur tâche finie, des lettrés, des professeurs, des journalistes, des étudiants ; là, pendant une heure, des mains pieuses se passaient avec sérieux les médiocres nouveautés venues de Paris. Je serais volontiers, moi aussi, venu quotidiennement dans l'arrière-boutique pour bavarder avec Leandro : mais il voulait toujours me retenir à déjeuner ou à dîner ; et je préférais, à ces bruyants et trop plantureux repas de famille, ceux que j'improvisais, au hasard de mes flâneries, dans les gargotes de la ville indigène. Car Leandro faisait vie commune avec son beau-frère et sa sœur. Il ne semblait nullement en souffrir ; et je m'en étonnais, car ils me paraissaient très différents de lui.

Ignazio Luzzati était un assez vieil homme, aux épaules rondes, au visage bouffi de Levantin ; mais, derrière ses lunettes en fil de fer, luisait un regard ferme, obstiné, et fort alerte encore. Il demeurait tout le jour, au fond de sa boutique, assis sur une estrade, comme un bouddha ; trop obèse pour grimper à l'échelle, ou même pour aller et venir dans les étroites travées de livres, il avait érigé ce poste de commandement d'où il menait à lui seul toute la vente, criant des ordres remarquablement précis aux jeunes commis italiens ou juifs qu'il avait dressés à lui obéir, comme des chiens de chasse.

La sœur de Leandro portait un nom si gracieux que je ne me décide pas à le changer, — d'autant que c'était bien sa seule parure. Elle s'appelait Amalia. Quoique beaucoup plus jeune que son époux (si bien que Luzzati semblait être son père), elle était, elle aussi, d'une corpulence… orientale. Certes, Amalia n'était pas belle ; je dirai même que ses paupières plissées de tortue, son masque envahi de graisse, son teint huileux, son torse piriforme, avachi par les grossesses et les allaitements, conspiraient à faire d'elle un souverain remède contre la concupiscence. Je m'expliquai mieux sa complexion après l'avoir vue se gaver d'une sorte de compote visqueuse, dont elle raffolait, faite de figues imbibées de crème fraîche et de miel. En sus des platées de macaroni qu'elle bâfrait aux repas, elle mâchait du matin au soir des loukoums gluants, et ne parlait guère que la bouche pleine. Son tiroir-caisse était garni de dattes fourrées à la pistache ou de pâtes de fruits ; et sa monnaie était toujours poisseuse. Je dois ajouter, pour être juste, que sa gourmandise avait un caractère impérieux, passionnel, qui l'empêchait presque d'être répugnante : cette voracité semblait être la revanche, le refuge, de toutes les ardeurs d'une femme ; et cela n'était pas très loin du pathétique.

Autour d'elle grouillait une demi-douzaine de petits Luzzati des deux sexes, échelonnés de deux à quinze ans, tous gras et courtauds, joufflus et fessus, flasques comme des grenouilles, affligés de voix rauques, de tignasses laineuses, et tous d'une irrémédiable vulgarité. L'idée qu'ils étaient les frères et les sœurs de l'admirable Michele ne me vint pas d'abord à l'esprit ; mais lorsqu'enfin je m'en avisai, ce fut avec une impression de stupeur.

La première fois que je fus présenté aux Luzzati, je crus devoir dire un mot de ce fils que j'avais presque vu mourir. — « Il était condamné depuis longtemps », soupira Mme Luzzati. Je fus fâcheusement frappé par cette tristesse conventionnelle. « Le tissu adipeux, pensai-je, ralentit les activités, paralyse les sentiments les plus naturels... » L'insensibilité de la mère m'étonna d'autant plus que, me tournant vers le vieux Luzzati, je m'aperçus qu'il avait l'œil humide. J'évitai, dans la suite, de prononcer le nom de Michele. Mais, deux ou trois fois peut-être, au cours de mes visites et des repas que je fus contraint de prendre chez les Luzzati, il y eut entre Leandro et moi une allusion à notre rencontre de Font-Romeu, et, chaque fois, le regard du papa Luzzati s'embuait silencieusement de larmes. Michele avait sans doute été le préféré de son père.

Je fus rappelé en France sans avoir eu le temps de descendre vers le Sud. D'ailleurs, la saison

— le début d'août — n'était guère favorable. En compensation, Barbazano voulut me faire connaître certains sites de la côte. Nous consacrâmes à cette excursion la dernière semaine de mon séjour. Leandro était un guide avisé, un compagnon discret et bon enfant. J'aime ces gens simples et francs, qui sont ce qu'ils sont et se donnent pour tels, sans camouflage. Leandro avait un esprit pratique, nourri d'expérience, souple et précis, purgé de toute sensiblerie. Son intelligence, essentiellement naturelle, faisait penser à ces eaux de montagne, froides, un peu rêches, mais vives et limpides. Il n'avait pas le fétichisme des idées générales et parlait sans assurance, en homme de bonne foi qui, bien souvent déjà, avait dû modifier ses opinions ; sur la plupart des questions, il montrait des vues judicieuses, nées du contact des faits, non du maniement des livres. Sa conversation — il ne prenait d'ailleurs la parole que lorsqu'il avait vraiment quelque chose à dire — était reposante et tonique. Nul doute que sa présence ait été pour beaucoup dans le bon souvenir que je garde de cette tournée sur le rivage africain.

Aussi appris-je avec joie, lors de notre retour à Y., que diverses affaires de librairie l'appelaient pour quelques jours à Marseille ; et que, si je consentais à retarder d'un courrier mon départ, nous pourrions prendre le même paquebot.

Cette traversée fut un enchantement. Peu de passagers. Pas un souffle, pas un remous. Le soir venu, la nuit s'annonçait si tiède, si légère, que nous n'eûmes pas le courage de descendre dormir dans notre cabine, et que nous résolûmes d'attendre le jour sur le pont, allongés côte à côte dans nos fauteuils de bord.

C'est là, dans cet incomparable isolement, que Leandro me parla pour la première fois de son passé, en des termes que j'ai fidèlement recueillis.

Je recopie pour vous ces quelques pages de mon carnet.

24 août.

Arrivé à Marseille hier matin. Pris congé de Leandro, après un dernier repas ensemble, sur le Vieux-Port. Moi, assez ému de le quitter. Lui, non : cordial, naturel comme toujours, et mesuré dans ses sentiments.

Serai à Paris ce soir, mais vendredi seulement à Bellême. Voudrais profiter de cette journée en chemin de fer pour noter le récit que Leandro m'a fait, sur le pont, en cette édénique soirée du 21.

Avions échangé des propos décousus sur la littérature moderne : timides progrès de la psycho dans le roman français contemporain ; hardiesses de certains auteurs étrangers, etc. Lui ai cité un récent article du *Temps,* qui accuse les jeunes romanciers américains d'aborder à plaisir des sujets " scabreux " et parfaitement " invraisemblables ". Il a dit alors quelque chose de vague, comme ceci, mais avec un accent inattendu d'irritation : « Je ne sais pas comment les gens sont faits, monsieur du Gard ! Tout leur paraît toujours invraisemblable ! Est-ce que la vie n'est pas faite presque uniquement de détails exceptionnels ? » Alors la conversation est tombée. Puis il a dit, assez brusquement :

— « Tenez, monsieur du Gard, c'est bien la première fois que j'ai envie de raconter ça à quelqu'un... Vous avez vu notre existence à la librairie... Amalia, le vieux Luzzati, leur ribambelle d'enfants... A première vue, quoi de moins exceptionnel, n'est-ce pas ? Eh bien, sait-on jamais ?... Si j'étais sûr de ne pas vous gâter ce beau soir, avec mon bavardage... »

Pour toute réponse, j'ai approché ma chaise de bord tout contre la sienne.

— « Du moment que je me décide, n'est-ce pas, je vous raconterai tout, crûment, tel que les choses se sont passées. Seulement, il faut remonter à plus de vingt ans en arrière. Même au-delà, pour commencer. Jusqu'à notre enfance.

» Nous avons été, ma sœur et moi, élevés par le père. Ma mère est morte quand j'avais trois ans : aucun souvenir d'elle. Amalia, qui est de quatre ans mon aînée, avait donc sept ans. Le père était terriblement dur et autoritaire. Nous ne l'aimions pas. Vous voyez : je vous ai dit que je serais franc. Il était le fils d'un Italien qui tenait une échoppe de journaux. Lui-même, il avait longtemps continué ce petit commerce. Et puis, peu à peu, il avait accru son fonds, et il avait créé cette librairie. Il était presque illettré. Il a eu du mal. Quand il s'est marié, pour la deuxième fois, avec notre mère, c'était déjà un homme âgé. On n'a jamais connu, ma sœur et moi, qu'un vieillard à barbiche blanche, avec des dents gâtées, une peau rugueuse et toute fripée, vous savez, comme du parchemin mouillé qu'on a laissé au soleil. Du reste, on ne l'embrassait jamais.

» Bon. Peu après la mort de ma mère, on a déménagé pour habiter, à l'entrée du quartier juif, une vieille bâtisse. Il faut que je vous la décrive un peu, à cause de la suite. C'était à l'angle de deux rues. La librairie, au rez-de-chaussée, était bien placée pour la vente. Au fond du magasin, il y avait une arrière-boutique, et puis une grande cuisine qui donnait sur une cour commune. Dans l'arrière-boutique, par un petit escalier en colimaçon que je vois encore, on montait à la chambre du premier étage. Elle était assez grande, mais unique. C'est dans cette chambre-là que nous avons habité, tous les trois, pendant plusieurs années. Je me souviens mal de ce temps-là. Je couchais dans le lit du père, et ma sœur sur un matelas, dans un coin. Amalia pouvait avoir huit ou neuf ans. Elle prenait au sérieux son rôle d'aînée. Elle s'occupait de moi, elle me levait le matin, elle me débarbouillait, elle m'emmenait barboter dans le ruisseau de la cour, et je crois qu'elle me flanquait des taloches, avec autorité.

» Bon. Un peu plus tard, — je commençais déjà à aller à l'école, je pouvais avoir huit ans, et Amalia douze, — il y a eu un changement considérable dans notre vie d'enfants. On a cessé tous les deux de coucher dans la chambre du premier étage. Le père a prétendu qu'il avait, la nuit, des crises d'asthme, et qu'il nous réveillait. Je crois que c'était exact.

Mais Amalia m'a fait remarquer, plus tard, que cette recrudescence d'asthme avait coïncidé avec l'entrée, chez nous, d'une femme de service, qu'on avait prise d'abord pour faire notre cuisine, et qui, petit à petit, s'est mise à tenir la maison. Peu importe. Les affaires n'allaient pas mal. Le père avait de l'argent. Il a loué pour ma sœur et pour moi une chambre située sur le palier du troisième, à l'étage de la terrasse. On y montait par le grand escalier des locataires. C'était une pièce claire et fraîche, avec des dalles de marbre blanc et de la faïence au bas des murs. Elle était surtout profonde, puisque le père avait pu, avec de vieilles caisses et quelques planches, fabriquer une espèce de cloison basse qui coupait le fond de la chambre en deux. Ça nous faisait à chacun une cellule étroite et longue, fermée par un rideau : juste assez de place pour un lit, une table de nuit et une chaise. La toilette était devant la fenêtre, dans la partie de la pièce qui n'était pas divisée : on s'en servait à tour de rôle, ma sœur et moi.

» C'est là qu'on a grandi, tous les deux. On était très libres, vous comprenez : à notre troisième étage, nous échappions à toute surveillance ; mais on n'en abusait pas. Notre différence d'âge s'effaçait d'année en année. On s'entendait à merveille. D'autant mieux qu'on avait à supporter ensemble l'humeur du père, qui tempêtait du matin au soir dans son rez-de-chaussée.

» Ce temps-là a passé vite. J'ai eu douze ans, puis quatorze, puis seize. À la réflexion ça peut vous sembler bizarre de voir une fille de vingt ans partager sa chambre avec un grand frère de seize ans. Mais il faut vous dire, monsieur du Gard, que, chez nous, ça n'étonnait personne. D'abord, on habitait dans la même chambre, ma sœur et moi, depuis longtemps. Et puis, cette cloison basse qui nous séparait, ça faisait pour chacun un petit coin bien à part. Et puis, à cette époque-là surtout, dans ces vieilles bicoques, les familles s'entassaient pêle-mêle : les promiscuités comme celle-là, c'était tout à fait courant.

» Bon. Comme toutes celles de son âge, Amalia avait un amoureux. C'était devenu une belle fille, ma foi. L'amoureux était un garçon du quartier, un Italien aussi, le fils d'un marchand de grains. Ils se rencontraient cinq minutes, à la tombée du jour, au coin de la ruelle qui passait derrière la maison, quand ma sœur trouvait le prétexte d'une course à faire. Souvent aussi, grâce à moi, ils se retrouvaient le dimanche au football, quand le père permettait à ma sœur de m'accompagner. Amalia n'avait pas de secrets pour moi. Le soir, dans la chambre, pendant qu'on se mettait au lit, et longtemps encore après qu'on était couché, on se faisait par-dessus la cloison de bois d'interminables confidences à mi-voix. Elle me parlait de son beau Stefano et de son mariage avec lui dès qu'il aurait fait son temps de service. De mon côté, je ne me gênais pas pour mettre ma sœur au courant de mes premières bordées de lycéen, et de mes amourettes avec les gamines du quartier. On était vraiment comme deux camarades... Ne croyez pas que je vous dis tout ça pour le plaisir de remuer de vieux souvenirs. C'est nécessaire pour bien comprendre. D'ailleurs, j'approche maintenant de ce que je veux vous raconter.

» Bon. J'étais arrivé à mes dix-sept ans. Je venais d'être reçu bachelier. Ça en imposait à mon père. Pourtant, il refusait de me laisser continuer mes études, et il m'avait pris à la librairie. Mais il me laissait suivre quelques cours à l'Université, de sorte que j'étais plus libre qu'un commis ordinaire. J'étais un garçon vigoureux, et, ma foi, assez porté sur les femmes. J'avais, dans le voisinage, un tas de petites aventures ; mais des aventures d'occasion, des amours de vingt minutes, sans lendemain. Quelquefois, le samedi, quand Amalia montait se coucher, elle trouvait le pot à eau placé d'une certaine façon qui voulait dire : — " Ne t'inquiète pas, je ne rentrerai qu'à minuit. " Mais c'était plutôt rare.

» Donc, cette année-là, au moment de Pâques ou peut-être de la Pentecôte, la fille d'une de nos voisines, une locataire du second étage, était venue en vacances. Elle s'appelait Ernestina. C'était une petite Italienne noiraude, maigre et nerveuse, un vrai chat des rues. Elle était de deux ans plus jeune qu'Amalia, par conséquent de deux ans mon aînée. Elle avait été autrefois notre compagne de jeux, et, tout enfant, elle m'attirait déjà dans les coins pour m'embrasser. Mais, depuis plusieurs années, on ne l'avait pas revue : sa mère l'avait envoyée travailler chez un oncle qui tenait une maison d'exportation dans le Sud. J'ai compris, dès la première rencontre, qu'Ernestina avait appris là-bas bien autre chose qu'à tenir des registres de commerce... Le lendemain même de son arrivée, elle se laissait emmener par moi sur la terrasse de notre maison. Il y avait là un réduit en planches où l'on entassait le linge quand il était sec. Ça faisait, en somme, une litière très suffisante pour un gamin de dix-sept ans et une fille de dix-neuf ans, également désireux de s'amuser ensemble. Ernestina avait l'air bien décidée à profiter de ses vacances, et à m'en faire profiter avec elle. Nous n'avions d'autre idée en tête que de nous retrouver à toute heure du jour. Il fallait ruser. Le soir, sa mère l'empêchait de sortir. Plusieurs fois, pendant qu'Amalia tenait la caisse à la librairie, j'avais pu entraîner Ernestina dans notre chambre. Mais ça ne nous suffisait pas. On devenait de plus en plus gourmands. On rêvait d'une nuit entière dans les bras l'un de l'autre. C'est elle qui a trouvé le moyen : le dernier jour, je ne sais plus comment, elle a combiné un faux départ ; et, tandis que sa mère la croyait partie prendre le train, elle est montée se cacher dans ma chambre pour y passer la nuit avec moi. Au petit jour, je devais la conduire à la gare.

» Il nous fallait naturellement prévenir ma sœur, et ça semblait tout simple à Ernestina. Je me rappelle lui avoir dit : — " Puisque ça te paraît si facile, arrange-toi avec Amalia : moi, ça m'ennuie de lui en parler. " Ma sœur avait été, dès l'arrivée d'Ernestina, au courant de nos fredaines.

Pourtant, je l'avoue, j'étais un peu gêné d'introduire la nuit ma maîtresse dans cette chambre où couchait ma sœur, et de faire l'amour à deux mètres d'elle. Mais, depuis des années, on parlait très librement ensemble de toutes ces choses-là. Et puis, je ne savais pas au juste quelles étaient ses propres expériences ; Ernestina prétendait qu'Amalia en savait autant qu'elle. Et puis, il y avait la fameuse cloison de bois. Et puis, nous étions trois enfants. Et puis surtout, l'envie que j'avais d'Ernestina ne laissait pas grande place aux scrupules... Vous voyez, je vous conte tout ça sans essayer de rien enjoliver.

» Pour dire le vrai, Amalia ne s'était pas prêtée de bonne grâce à cette combinaison-là. Je n'avais pas assisté à la discussion et Ernestina ne m'avait pas donné de détails ; mais, toute la journée, à l'attitude de ma sœur, j'avais bien deviné qu'elle était mécontente. Peut-être même sans bien savoir elle-même pourquoi. Je suppose que si elle avait pu aller passer la nuit ailleurs, elle l'aurait fait. Je le suppose ; je n'en suis pas absolument sûr : il pouvait y avoir aussi un peu de curiosité dans son cas.

» La chaleur avait été torride, ce jour-là. Depuis six heures du soir, Ernestina était enfermée dans notre chambre, et j'étais plusieurs fois monté l'embrasser, lui porter des provisions. Après le dîner, mon père et Lucia s'étaient, comme souvent, installés sur des chaises, devant la boutique, pour respirer un peu. Lucia, c'était la femme de service, qui vivait maintenant avec nous. Moi, pour ne pas avoir l'air de m'éclipser trop tôt, je m'étais assis à côté d'eux. Je me demandais ce qu'était devenue Amalia. Est-ce qu'elle était déjà montée ? Au dîner, elle avait déclaré qu'elle avait la migraine. Vers neuf heures, j'étais tellement impatient que j'ai dit bonsoir et que j'ai eu l'aplomb de m'en aller, en laissant au père les volets à fermer, ce qui était contraire à toutes les habitudes. Le père ne plaisantait pas sur ces questions-là.

» Bon. Je m'attendais à trouver là-haut les deux filles en train de bavarder. Pas du tout. Dans la chambre, nuit noire, silence complet. Je me suis avancé à tâtons jusqu'à mon lit. Ernestina y était. Elle m'a dit tout bas : — " Ne fais pas de bruit, Amalia dort. Elle a mal à la tête. " On entendait sa respiration, de l'autre côté de la cloison ; elle avait l'air de dormir. Mais il était à peine neuf heures, et c'était bien peu vraisemblable, ce sommeil, un soir comme celui-là.

» J'avoue que j'avais autre chose dans l'idée que le sommeil d'Amalia, et que nous avons très vite oublié, l'un et l'autre, qu'elle était si près de nous. Au bout de quelques minutes, nous avions même renoncé à la plus élémentaire discrétion. Ç'a été une fameuse nuit, monsieur du Gard, et Ernestina n'a pas eu à regretter d'avoir manqué son train...

» Elle devait partir à la première heure. Dès l'aube, il a fallu s'habiller en vitesse et se glisser hors de la maison. Amalia dormait toujours. Ernestina ne lui a pas dit adieu.

» Elle dormait encore, ou faisait semblant, quand je suis revenu de la gare. Il n'était pas plus de cinq heures. J'étais las, je me suis recouché. Et puis, quand il a été sept heures, je me suis levé, comme d'habitude. Peu après, comme d'habitude, Amalia s'est levée à son tour. Je l'ai entendue se chausser derrière son rideau, pendant que j'achevais ma toilette. Elle m'a dit bonjour, comme si rien ne s'était passé. Mais quand elle est sortie de son alcôve, j'ai tout de suite compris, à sa mine, qu'elle n'avait pas fermé l'œil. Comme d'habitude, je lui ai cédé la place, et je suis descendu ouvrir la boutique. On n'avait pas soufflé mot d'Ernestina.

» Pendant les jours suivants, ça n'a pas bien marché entre nous. On se chamaillait pour des riens ; et, au lieu de rire aussitôt, comme avant, les choses s'envenimaient au point que nous nous boudions ensuite toute la journée.

» Amalia semblait décidée à m'être désagréable. Elle ne savait quoi inventer. Ainsi, elle avait imaginé de se laver juste au moment où elle m'entendait sortir du lit, et d'accaparer avant moi la toilette. Elle disait : — “ Chacun son tour, j'en ai assez de vider tes eaux sales. ” C'était absurde. Rien ne l'appelait en bas avant huit heures ; tandis que moi je devais, pour cette heure-là, sous peine d'entendre le père tempêter, avoir ouvert les volets de la librairie, et cherché le lait, et acheté le journal : parce que le père voulait toujours que je lui lise les nouvelles pendant son déjeuner du matin. Le premier jour, j'ai cédé la toilette sans rien dire, et je suis sorti de la chambre sans m'être débarbouillé. Bon. Mais, le lendemain, comme elle s'apprêtait à recommencer, je me suis fâché. Elle était déjà devant la cuvette, en chemise et en jupon. Quand elle m'a vu approcher, elle m'a tout aspergé d'eau. Je vous raconte exprès les détails. On se battait quelquefois pour rire, mais, cette fois, je n'étais pas d'humeur à plaisanter. Je l'ai saisie par-derrière, je l'ai soulevée sur mon genou et je l'ai portée jusqu'à son lit. Elle était lourde et gigotait comme une diablesse. J'avais les mains sur sa poitrine, et contre moi sa croupe qui se démenait. Tout ça est très précis dans mon souvenir parce que c'est ce matin-là, à ce moment-là, pendant ce trajet de la toilette au lit, que j'ai brusquement pensé que ma sœur était une femme faite comme les autres, — et même qu'elle était infiniment plus désirable que la maigre Ernestina... Je l'ai jetée sur son lit, en l'injuriant comme si j'étais toujours furieux contre elle. Je me rappelle qu'elle a tout à coup cessé de se débattre : elle est restée étalée sur le dos, sans même essayer de se redresser ; elle me regardait fixement. Moi, j'ai fièrement regagné la toilette. Je me suis lavé et habillé sans mot dire. Quand j'ai quitté la chambre, elle était toujours en travers du lit, telle que je l'avais jetée.

» Bon. Je continue. Le soir, j'avais l'habitude de lire assez tard. Jamais Amalia n'y avait trouvé à redire. D'ailleurs, le bat-flanc qui nous séparait, rendait mon lumignon bien inoffensif pour elle. Mais elle semblait enragée à me faire sortir de mon caractère. Voilà qu'elle s'est mis en tête de m'obliger à éteindre, sous prétexte qu'elle était fatiguée et que je l'empêchais de dormir. Naturellement j'ai refusé. Alors, elle est montée tout doucement sur sa chaise et, par-dessus la cloison, elle a soufflé ma lumière en agitant un linge à tour de bras. J'ai rallumé aussitôt. Elle a recommencé. Je revois encore, au-dessus de la cloison, sa tête dépeignée et son regard méchant. Je crois que, ce soir-là, elle me détestait et qu'elle me voulait sincèrement du mal. Décidément, les vacances d'Ernestina avaient gâté bien des choses.

» Le lendemain, j'avais pris mes précautions pour protéger la flamme, et quand je l'ai vue secouer son jupon par-dessus la cloison sans arriver à rien, je me suis mis à rire, sans même interrompre ma lecture. Je l'ai entendue se recoucher. J'ai cru que cet enfantillage était terminé. Pas du tout ! Je lisais tranquillement : tout à coup, je l'ai vue écarter mon rideau, bondir vers moi et renverser mon chandelier d'un coup de poing. Ah, ça n'a pas été long ! Je ne me possédais plus. En deux secondes j'étais debout et je l'empoignais à bras-le-corps. Que s'est-il passé au juste ? J'essaye de me rappeler tout, le mieux possible. On était dans l'obscurité. Je rageais pour de bon. Elle aussi.

C'était une gaillarde solide. Je m'efforçais de la maîtriser, de la jeter par terre, avec le désir très net de cogner dessus et de lui enlever l'envie de recommencer. On était tous les deux en chemise, pressés l'un contre l'autre dans le noir, et on luttait comme deux forcenés. J'avais fini par la soulever. Elle me griffait la nuque. Moi, je reniflais cette chair encore chaude du lit, — l'odeur que j'avais respirée toute une nuit sur le corps d'Ernestina. D'un coup brusque, j'ai fait plier ses reins et je l'ai renversée sur mon matelas. A ce moment-là, je me suis trouvé pris entre ses deux jambes, entre ses jambes nues, qu'elle a refermées derrière moi. J'ai basculé. Je suis tombé sur elle. Ma colère, je vous avoue qu'il n'en restait pas grand-chose... — juste de quoi exaspérer mon désir. Alors, j'ai cherché ses lèvres, rageusement. Je crois bien que déjà elle me tendait maladroitement les siennes...

» Et voilà.

» Ces choses-là, vous voyez comme ça peut arriver tout naturellement. C'est même tout simple, n'est-ce pas, quand on y pense, quand on retrouve à peu près l'enchaînement des détails.

» Eh bien, ça a duré quatre ans. Quatre ans, oui. Même un peu plus. Et je n'ai pas honte de le dire, monsieur du Gard : les quatre plus belles, les quatre seules vraiment belles années de ma vie !

» Amalia, quand je l'ai prise, était vierge. Mais, — comment dire ? — elle était d'une inexpérience... passionnée. Sauf Ernestina, moi, à dix-sept ans, je n'avais guère eu que des bonnes fortunes de rencontre, sans même un lit, bien souvent : entre deux portes, dans un coin de cave, dans un massif de square, dans la poussière des terrains vagues. J'ignorais ce que c'est qu'une liaison continue, quotidienne. Les habitudes qui se créent entre deux corps, c'est incroyable ce que ça peut ajouter au plaisir. Et puis, que voulez-vous, nous étions ardents tous les deux, et insatiables, pardi, comme à cet âge-là. Ce n'est pas tout. En y repensant, je crois démêler encore autre chose. Dans un ménage, quand on s'entend bien, qu'on a très longtemps vécu ensemble, qu'on s'est usé l'un près de l'autre, on se sent liés par des sentiments profonds, une espèce d'entente sans explications, intérieure, inconsciente, et qui ne ressemble à rien d'autre, n'est-ce pas ? C'est ça qui fait qu'on forme un couple. Les jeunes, ils ne peuvent même pas avoir idée de ce que c'est. Eh bien, nous, à cause de ces dix-sept années vécues ensemble, de cette intimité de frère à sœur, à cause aussi de notre sang qui était le même, on a connu ça tout de suite, cette espèce d'entente secrète des vieux ménages... Mais, monsieur du Gard, vous analyseriez tout ça beaucoup mieux que moi.

» Le plus curieux, c'est qu'autour de nous personne ne s'est jamais douté de rien. Il est vrai qu'on faisait très attention de détourner les soupçons. Moi, de temps en temps, le samedi soir, je demandais un peu d'argent au père pour aller " jouer au billard " ; et, le lendemain, à table, Amalia se moquait bien haut de ma mine défaite. Elle, de son côté, avait rompu avec le fils du grainetier ; et elle se laissait ouvertement courtiser par un de nos voisins, un type assez niais qui se contentait de quelques rendez-vous en pleine rue, — juste ce qu'il fallait pour faire jaser un peu le quartier.

» Donc, ça a duré quatre ans. Et ça aurait duré sans doute plus longtemps encore. Mais il y a deux choses qui sont venues à la traverse, sans qu'on y puisse rien.

» La première, ç'a été l'approche de mon service militaire. J'avais déjà passé un conseil de révision au consulat italien. A la fin de l'année, je devais rejoindre un régiment de Sicile, et passer deux années en Italie. Aucun moyen d'éviter ça. Ah, je vous jure, j'ai bien des fois pensé à déserter ! Sans le père, je crois que je l'aurais fait. Ç'aurait été d'ailleurs une rude sottise !

» La seconde chose est venue du père. Il n'était pas loin de ses soixante-dix ans, et il s'était mis en tête de marier Amalia. Depuis longtemps déjà, pour faire marcher sa maison, il avait pris avec lui un ancien commis-libraire de Naples, un bonhomme travailleur, qui avait de l'âge, de l'expérience, et qui était en train de faire de notre librairie une des premières boîtes de la ville. Ce bonhomme vous le connaissez : c'était Luzzati, mon beau-frère. Il avait, à cette époque-là, une cinquantaine d'années. Il possédait un petit magot, assez coquet. Et il avait pour ma sœur une passion silencieuse, mais violente et têtue, comme lui. Le père trouvait la combinaison excellente ; du même coup, il assurait son avenir et celui de ses deux enfants : Luzzati lui achetait la moitié du fonds de commerce ; on lui cédait la fille par-dessus le marché ; et il s'engageait à me prendre pour associé, dès mon retour du service. Grâce à quoi, le père, qui se sentait vieilli et de plus en plus asthmatique, pouvait se retirer et vivre de ses rentes, sans attendre que je sois d'âge à diriger la librairie.

» Il n'y avait à tout ça qu'un obstacle : l'attitude d'Amalia. Oh, elle n'osait pas dire non au père. Mais elle se dérobait, et remettait toujours sa réponse, pour gagner du temps. Depuis le jour où Luzzati était entré dans la maison, elle l'avait pris en grippe. Entre nous, elle l'appelait toujours “ le vieux porc ”. Elle le trouvait obséquieux, répugnant. Elle lui faisait avanie sur avanie. Elle me disait : “ Je me tuerais, plutôt ! ”

» Cette année-là, quand j'y

pense, m'a laissé un souvenir tragique. C'était la première fois que le père se heurtait, dans sa famille, à une opposition pareille. On voyait qu'il bouillait de colère rentrée. Mais plutôt que de renoncer à son projet, je crois qu'il aurait jeté sa fille à la rue. Les mois passaient. Amalia tenait bon. Dans notre chambre, on oubliait tout ça. Notre passion se trouvait encore exaspérée par ces menaces, et par l'approche du service. Nous étions en juin. Je devais m'embarquer au début d'octobre. La fureur du père devenait terrible. Il n'adressait presque plus la parole à Amalia.

» Vers le Sud, en pleine montagne, à une centaine de kilomètres, dans une espèce de couvent, il y avait une “ École d’apprentissage ” très célèbre chez nous : elle était tenue par des religieuses ; on y gardait les jeunes filles deux ou trois ans, pour leur apprendre toutes sortes de métiers manuels. Quelquefois le père en parlait, à table, d’un air entendu, en regardant Luzzati, — qui mangeait avec nous à midi. Un dimanche soir, au moment où Amalia montait se coucher, il l’a suivie dans l’escalier, et là, en la regardant dans le blanc des yeux, il lui a dit : — “ Si dimanche prochain tu n’as pas dit oui, je te conduirai à l'École d'apprentissage, et tu y resteras aussi longtemps qu'il faudra. " Nous savions bien qu'il ferait comme il disait. Vous allez me répondre qu'Amalia était majeure. Mais nous étions ainsi, monsieur du Gard, et il ne nous venait même pas à l'idée que nous puissions, à n'importe quel âge, échapper à l'autorité du père.

» Amalia a pleuré plusieurs jours. Je ne savais que lui conseiller. La pensée qu'elle épouserait " le vieux porc " m'était aussi intolérable qu'à elle. Mais l'idée que nous pouvions être privés des trois mois qui nous restaient avant mon départ, était plus hor-

rible encore. C'est ça qui l'a décidée. Elle a été héroïque. Elle a dit oui, mais à la condition que le mariage n'aurait pas lieu avant la fin de l'année, et que, d'ici là, Luzzati ne la traiterait pas en fiancée, ne lui parlerait de rien. Le père était hors de lui. Mais Luzzati a accepté ; il avait même l'air heureux. Amalia me disait :
— " Ça m'est égal, je me tuerai dès que tu seras parti. " A cette époque-là, monsieur du Gard, elle en était capable. J'en avais des sueurs, quand j'y pensais. Alors, j'ai fini par vaincre toutes mes répugnances, et je lui ai dit :
— " Accepte le vieux. Dans deux ans, je reviendrai ; et nous parti-

rons ensemble pour la France. " Elle ne me répondait même pas. Et je crois bien que je ne l'aurais jamais décidée. Mais d'elle-même, subitement, elle a eu une idée. Une idée bien inattendue. Elle m'a dit : — " Oui, j'épouserai le vieux ; mais seulement si, d'ici là, on s'arrange pour que je sois enceinte. " Vous comprenez ? Elle acceptait à la rigueur de coucher avec Luzzati, et d'être sa femme pendant deux ans, si elle était sûre de ne pas avoir d'enfant de lui, et sûre d'en avoir un de moi. Bon. Alors on s'est " arrangés " ; et, ma foi, deux mois après, il y avait du nouveau. J'étais content. Je savais maintenant qu'Amalia ne se tuerait pas, et qu'elle m'attendrait.

» J'arrive au bout de mon histoire. Ou presque. Mais ce qui me reste à dire n'est pas bien gai.

» Je suis donc parti pour la Sicile au mois d'octobre, et leur mariage a eu lieu.

» Sept mois après, Amalia accouchait. Un garçon. Vous l'avez deviné déjà : c'était Michele. Il n'avait que le souffle, comme si véritablement il était né avant terme : rien qu'au cours de la première année, on a cru le perdre dix fois.

» Pendant toute cette première année, Amalia m'a écrit, en cachette, des lettres brûlantes. Elle me parlait chaque fois de mon retour et de notre fuite ensemble. Moi aussi, j'y pensais tout le temps ; mais, naturellement, je ne pouvais lui écrire que des lettres banales. Alors, peu à peu, voilà... Le ton de ses lettres a changé. Un jour, elle m'a annoncé qu'elle commençait une nouvelle grossesse. Comme ça. J'en ai été plus surpris que jaloux. Moi-même, je l'avoue, je commençais à penser moins à elle. Vous savez ce que c'est : à vingt ans, une vie nouvelle, ça grise ; et puis, il y a de jolies filles en Sicile... Alors, ses lettres se sont espacées. Et puis, une dépêche m'a appris que le père était mort. Bref, quand mon service a été fini et que j'ai pu revenir à la maison, j'ai trouvé Amalia engraissée, épanouie, avec ses deux gosses : Michele, toujours pâle et chétif, et Giustina, cette grosse fille que vous avez vue, qui n'a jamais fait de manières pour vivre, et qui avait déjà l'air d'être l'aînée. Les premiers jours, Amalia évitait, je crois, de se trouver seule avec moi. Devant son mari, elle ne paraissait ni émue ni gênée de me revoir. C'est moi qui avais l'air d'un imbécile. Est-ce qu'elle considérait le passé comme un enfantillage ? Ou bien, avait-elle déjà tout oublié ? Je n'y ai jamais vu clair. Vous me croirez, si vous voulez, monsieur du Gard : *il n'a plus jamais été question de rien entre nous !*

» D'ailleurs, à cette époque-là, je n'ai fait qu'un court séjour auprès d'eux. La librairie marchait très bien. On n'avait aucun besoin de moi. J'ai persuadé à mon beau-frère qu'il serait utile pour nous que j'aille étudier le commerce des livres en France. Et je suis parti. J'ai fait un stage à Marseille, un autre à Lyon, un autre à Genève, un quatrième à Paris. Et c'est là que la guerre de 14 m'a trouvé.

» J'ai regagné l'Italie. J'ai fait encore un stage dans une librairie de Rome. Pas longtemps : la mobilisation italienne m'a forcé à rejoindre mon régiment. Dix mois après, j'étais sous-lieutenant. J'en ai vu de dures. Je ne dis pas ça pour me vanter, je n'en ai pas fait plus que bien d'autres. Seulement, ça explique un peu la suite.

» Quand je me suis retrouvé, en 1919, sain et sauf, chez nous, chez moi, dans la librairie Barbazano-Luzzati, eh bien, malgré tout, monsieur du Gard, la vie m'a semblé bigrement belle ! Mon beau-frère, qui se sentait vieillir, m'a accueilli on ne peut mieux. Amalia, mère de famille, paraissait heureuse. Je la revois, en ce temps-là. Je revois ses quatre enfants, bruyants et bien plantés, qui se bousculaient du matin au soir, autour du fauteuil de Michele. Lui, il leur souriait gentiment… Pauvre petit… Monsieur du Gard, en ce moment-ci, j'aimerais pouvoir vous dire que c'est uniquement à cause de lui que je suis resté là, que je me suis fixé auprès d'eux. Et c'est pourtant vrai aussi que j'ai adoré cet enfant. Mais non, ce n'est pas à cause de lui que j'ai si facilement accepté ça. La vie de famille m'attirait. Que voulez-vous ? Le passé était loin, sans action sur moi. La guerre avait fait une espèce de grande coupure. Ma sœur Luzzati, toujours enceinte ou bien nourrice, entre ses bons gros enfants et son vieux mari, ne me rappelait pas — *ne me rappelle jamais plus* — l'Amalia de ma jeunesse. Voilà la stricte vérité.

» Et puis, cette librairie Barbazano avait pour moi un attrait qu'aucune boîte à livres ne pouvait avoir. Luzzati m'a toujours traité en patron. Vous l'avez vu : il garde pour lui la vente au magasin, les besognes ingrates. Il m'a laissé faire un peu d'édition. J'ai fondé cette revue. J'ai créé ces collections que je vous ai montrées. Je me trouvais heureux. Je l'étais.

» Il n'y avait qu'un point noir

dans cette existence : la santé de Michele. Encore me suis-je longtemps fait des illusions. Ce petit, il n'était jamais vraiment malade. Je me disais : “ C'est la chaleur du climat... ”, ou bien : “ C'est la croissance, ça passera... ” Je ne le voyais pas dépérir. Je souffrais surtout de constater qu'Amalia lui préférait visiblement ses frères et sœurs. Oh, sans y penser : simplement, ceux qui se portaient bien étaient seuls ses vrais enfants. Vous vous dites peut-être que Michele était pour elle, pour nous deux, une sorte de remords vivant ? Non. Ç'aurait pu être, en effet. Ça n'était pas. Je vais même vous avouer une chose : je n'ai pris que très tardivement conscience, moi, de la responsabilité que je pouvais avoir. Très tardivement : à Font-Romeu, et peu de jours avant... L'idée m'a effleuré, tout à coup, que j'étais en somme responsable de cette naissance ; et responsable aussi, — peut-être ? — de cette fragilité, de cette maladie... Responsable ? C'est à voir... On peut discuter là-dessus ! La consanguinité, ça donne parfois des résultats merveilleux...

» Quant à ma sœur, je jurerais qu'elle n'y a jamais réfléchi. Pour elle, — sans qu'elle s'en soit rendu compte, bien sûr, — la mort de Michele, ç'a été un soulagement. Oui. Et, au fond, tenez, monsieur du Gard, pour moi aussi. Malgré le chagrin que j'ai eu, je suis heureux, maintenant. Je suis même plus heureux, plus tranquille, qu'avant. Nous sommes tous heureux. Ensemble.

» C'est ainsi, et on n'y peut rien. »

Il s'est tu. Et tout cela, ce soir-là, sous ce beau ciel nocturne, paraissait si simple, en effet, que je n'ai rien trouvé à lui dire.

(Suivaient quelques notes, d'ordre professionnel, pour le cas où me viendrait un jour l'envie de tirer littérairement parti de cette histoire. Je ne vous les recopie pas, mon cher ami. J'en extrais seulement, pour terminer, ces quelques lignes :)

... Il faudrait aussi changer la fin, à partir du retour de Sicile... Et surtout ne pas souffler mot des souvenirs que j'ai de l'adipeuse Amalia de quarante ans, trônant à la caisse au milieu de sa marmaille ; ou bien, bâfrant sa bouillie de figues au miel ; ou bien, à table, laissant couler hors du corsage son imposante mamelle, pour céder au caprice de son dernier-né, un crapaud joufflu qui avait atteint ses deux ans sans être sevré, qui mangeait déjà le couscous avec nous, et qui, le repas terminé, se hissait goulûment sur les genoux de sa mère pour téter quelques gorgées de vieux lait, en guise de dessert.

DU MÊME AUTEUR

*Aux Éditions Gallimard*

DEVENIR !, *roman.*

JEAN BAROIS, *roman.*

LE TESTAMENT DU PÈRE LELEU, *farce paysanne.*

LES THIBAULT, *roman.*

I. LE CAHIER GRIS — LE PÉNITENCIER

II. LA BELLE SAISON — LA CONSULTATION

III. LA SORELLINA — LA MORT DU PÈRE

IV. L'ÉTÉ 1914 (début)

V. L'ÉTÉ 1914 (suite)

VI. L'ÉTÉ 1914 (fin)

VII. ÉPILOGUE

LA GONFLE, *farce paysanne.*

CONFIDENCE AFRICAINE, *récit.*

UN TACITURNE, *drame.*

VIEILLE FRANCE, *roman.*

NOTES SUR ANDRÉ GIDE (1913-1951)

ŒUVRES COMPLÈTES (2 vol. Bibliothèque de la Pléiade)

CORRESPONDANCE AVEC ANDRÉ GIDE

I. (1913-1934) Introduction par Jean Delay

II. (1935-1951)

CORRESPONDANCE AVEC JACQUES COPEAU

I. (1913-1928) Introduction de Jean Delay, notes de Claude Sicard

II. (1929-1949)

CORRESPONDANCE GÉNÉRALE

I. (1896-1913) Introduction de Maurice Rieuneau

II. (1914-1918)

III. (1919-1925)

IV. (1926-1929)

V. (1930-1932)

VI. (1933-1036)

VII. (1937-1939)

LE LIEUTENANT-COLONEL DE MAUMORT (Bibliothèque de la Pléiade)

JOURNAL

I. Textes autobiographiques (1892-1919)

II. (1919-1936)

III. (1937-1949). Textes autobiographiques (1950-1958)

INÉDITS ET NOUVELLES RECHERCHES

CAHIERS ROGER MARTIN DU GARD

*Composition Bussière.*
*Reproduit et achevé d'imprimer*
*par l'Imprimerie Floch à Mayenne,*
*le 6 mai 2002.*
*Dépôt légal : mai 2002.*
*1er dépôt légal : mars 1995.*
*Numéro d'imprimeur : 54313.*

ISBN 2-07-074190-7 / Imprimé en France.

15 oct

13930